Los Pandemónium

Lesley Choyce

Traducido por Queta Fernandez

Orca soundings

ORCA BOOK PUBLISHERS

Library and Archives Canada Cataloguing in Publication

Choyce, Lesley, 1951-

[Thunderbowl. Spanish]
Los pandemónium / Lesley Choyce ; traducido por Queta Fernandez.

(Spanish soundings)
Translation of: Thunderbowl.

ISBN 978-1-55469-136-4

I. Fernandez, Queta II. Title. III. Title: Thunderbowl. Spanish.

IV. Series: Spanish soundings

PS8555.H668T4818 2009   jC813'.54   C2009-905557-0

Summary: Who needs school when you're going to be a rock star?

First published in the United States, 2009
Library of Congress Control Number: 2009936299

Orca Book Publishers gratefully acknowledges the support for its publishing
programs provided by the following agencies: the Government of Canada
through the Book Publishing Industry Development Program and the Canada
Council for the Arts, and the Province of British Columbia through the
BC Arts Council and the Book Publishing Tax Credit.

Cover design by Lynn O'Rourke
Cover photography by Getty Images

ORCA BOOK PUBLISHERS   ORCA BOOK PUBLISHERS
PO Box 5626, STN. B   PO Box 468
VICTORIA, BC CANADA   CUSTER, WA USA
V8R 6S4   98240-0468

www.orcabook.com
Printed and bound in Canada.
Printed on 100% PCW recycled paper.

12 11 10 09 • 4 3 2 1

Para mis hijas Sunyata y Pamela
L.C.

Capítulo uno

—Estoy nervioso —dijo Drek.

Se quejaba mientras nos dirigíamos a La Mazmorra, un club local famoso por su música en vivo. Era nuestra primera actuación en público. Mi amigo Al manejaba el Dodge viejo que le había dejado su abuelo al morir. El piso estaba tan maltratado y oxidado, que se podía ver el asfalto.

—Mantén la calma —dijo Al en el momento en que cogía una curva y se caían dos micrófonos—. Hazte la idea de que no hay nadie.

—Buena idea —dije yo—. Piensa que todavía estamos practicando en el sótano de tu casa.

Habíamos practicado hasta la perfección.

Steve Drekker toca el sintetizador y Alistair Cullen toca la batería. Yo me llamo Jeremías, pero Drek y Al me dicen Germen. Toco la guitarra, ¡y de qué manera! Comencé tocándola por mi cuenta en mi habitación, pero ahora la cosa va en serio. Mi padre todavía se maldice por habérmela comprado. Un día entró en mi cuarto y me vio saltando y tocando guitarra mientras escuchaba un *walkman*. Con la particularidad de que tocaba una guitarra imaginaria. Yo sentía la música. Le daba vida a los acordes. Ese mismo día mi padre me compró una guitarra de cajón con cuerdas de nailon.

Tomé clases por tres meses. El tipo que me enseñaba me dijo que yo era bueno para tocar música *country*, pero le pedí que ni lo mencionara. Así que vendí la famosa guitarra, mi bicicleta y varios cedés. Con el dinero me compré una guitarra eléctrica y un amplificador barato. Volví tan loca a mi madre que comenzó a ir al cine con mi padre sólo para huir del ruido. Hasta mi perro dejó de echarse en mi cuarto.

Un día vi un anuncio en la tienda de música que decía: *Se busca guitarrista para una nueva banda. Debe tener experiencia y conocer la música alternativa.* Qué diablos, a mí la experiencia me brotaba por los oídos. Llevaba años dedicado a escuchar música y podía tocar de todo.

Por suerte Los Pandemónium no tocaban *rap*, *oldies* ni música *country*. Toqué todo lo que me pidieron y, de pronto, ya pertenecía a la banda. Lo que no supe en aquel momento era los muchos problemas que eso me traería.

Somos solamente tres, pero una vez que conectamos los amplificadores y empezamos a tocar, parecería que somos un ejército. Drek es un mago en el sintetizador. Produce acordes especiales y una jungla de sonidos de animales. Si quieres escuchar cómo despega un cohete, sólo tienes que preguntarle a Drek y te crea un *loop* digital a todo volumen.

Drek es un chico alto, de naturaleza nerviosa y que usa gafas. Es probablemente un genio de la electrónica, pero prefiere tomar cerveza y liarse en peleas. ¿Quién puede entenderlo?

Alistair Cullen es más bajito que yo, pero un poco pasado de libras. Sin duda puede ser clasificado como peso completo. Si te equivocas al pronunciar su nombre, en un segundo te levanta en peso. Una vez me burlé de él y supe lo que era besar el concreto. Desde ese momento lo llamo Al. Camina desplazando el peso de un lado a otro. A pesar de no ser grande, tiene la estructura de un tanque de guerra.

Si nos miran bien, se diría que no tenemos tipo de banda alternativa. De hecho, Stewy Lyons no nos dejó participar en la audición la primera vez que fuimos a La Mazmorra, pero hoy es la guerra de las bandas y se acepta a todo el mundo. Cualquier banda puede ser la ganadora.

—Me sudan las manos —dijo Al—. No puedo tocar con las manos sudadas.

¿Qué es lo que le pasa a estos dos?, me pregunté. *Los dos tipos más duros del pueblo se están ablandando delante de mis ojos.*

—Jeremías, mejor conduce tú —dijo Al—. Quiero sacar mis manos por la ventanilla para que se sequen.

No supe si llorar o reírme. Los Pandemónium se estaban desintegrando. Íbamos a ser un fracaso total. Al detuvo el carro junto a la acera, salió, le dio la vuelta y abrió la puerta de mi lado.

—No quiero que Drek maneje mi camioneta. La última vez que lo hizo, rompió las luces de los frenos y me costó veinticinco dólares arreglarlas. Maneja tú —me dijo.

Por unos segundos me quedé sentado sin decir palabra.

—Tengo que confesarles algo.

Al agitaba las manos en el aire. Era verdad que el sudor le chorreaba. Drek miraba fijamente el parabrisas, con la mente puesta en algo que nosotros no podíamos ver.

—Yo no puedo manejar —dije—. Por lo menos, no legalmente. No tengo licencia.

—¿Y qué? —me gritó Al—. Cállate y maneja.

Salí, di la vuelta, me senté frente al volante y encendí el carro. Puse la primera, saqué el pie del cloche y nos metimos dentro del tráfico. Casi atropello a un hombre que llevaba un perro bulldog.

—¿Dónde aprendiste a manejar? —protestó Al.

—Te dije que no sabía.

—Lo mejor que haces es cambiar la velocidad —dijo Drek con voz temblorosa.

Iba a demasiada velocidad con el carro en primera y el motor rugía que parecía que iba a explotar.

—Está bien —dije, haciendo rechinar la caja de cambio al tratar de pasar a segunda sin apretar el cloche.

Sonó como si hubiera tratado de cortar un barco de guerra con un serrucho eléctrico.

—Qué bien manejas —dijo Al irónicamente con las manos aún por fuera de la ventanilla.

Pensé que era el momento oportuno para decirles mi verdadera edad. En realidad, no les había mentido. Ellos pensaron que yo era mayor y no les dije nada. Después de todo, nunca se me hubiera ocurrido pensar que íbamos a tocar en La Mazmorra, un lugar donde vendían todo tipo de bebidas. Si no tenía edad para beber, tampoco podía tocar allí.

—Lo que yo quiero decirles es que... —comencé a decir otra vez.

—Para —me interrumpió Drek.

—¿Qué? —le pregunté.

—¡Que pares el carro! —gritó.

—Ay, perdón.

Una señal de pare apareció de la nada. No había sido mi culpa. Pisé con toda mi fuerza el pedal del medio con la esperanza de que fuera el freno.

Por suerte, lo fue. Casi media tonelada de equipos de música rodó y nos cayó encima mientras nos deteníamos con un chirrido. Con la nariz comprimida contra el parabrisas, vi pasar un camión de la Pepsi a sólo pulgadas del parachoques del carro.

Pensé que no lo había hecho tan mal después de todo.

—Tengo dieciséis años. No me van a dejar tocar en La Mazmorra aunque ganemos.

Los ganadores de la guerra de las bandas firmarían un contrato para tocar cuatro noches a la semana. Pagaban bien y la audiencia era la de más onda en toda la ciudad. Ahora todos sabían la verdad y el sueño de tocar en La Mazmorra se desvanecía. No se haría realidad para mí, ni para ninguno de los otros dos.

Drek me miró con desesperación. Al me miraba mientras se rascaba donde uno de los micrófonos se le había enchufado en el cráneo.

—Cállate y maneja —me dijo Al amenazadoramente—. De ahora en adelante tú tienes diecinueve años. Y mejor te las arreglas para tocar esa maldita guitarra como si en ello te fuera la vida.

Yo no estaba en la mejor posición para llevarle la contraria.

Capítulo dos

La calle de La Mazmorra estaba llena de carros a los dos lados. Estaba oscura, pero la entrada del lugar estaba iluminada. Había un olor fuerte a cerveza y a humo de cigarrillos en el aire. Se podía oír una banda de *heavy metal*. La guerra había comenzado. Estacioné la camioneta a la vuelta de la esquina, montándome un poco sobre la acera.

Ahora era yo el que temblaba de miedo. Al y Drek estaban más calmados.

—Todo lo que tenemos que hacer es relajarnos —dijo Drek.

Abrimos las puertas oxidadas de la camioneta y empezamos a bajar nuestros instrumentos. Un amplificador le cayó a Al en un pie y aulló como un lobo herido.

En ese momento un camión 4x4 se estacionó justo detrás de nosotros. Sonaba como si no tuviera silenciador. Lo pegaron tanto a la puerta lateral del club, que nos era imposible entrar nuestras cosas. Estábamos completamente bloqueados.

Al hacía ya gestos amenazadores con el puño cerrado. Drek hacía crujir los nudillos y comenzaba a enfurecerse. Todo lo que yo quería era tocar la guitarra. Nada de eso me interesaba.

La puerta del chofer del camión se abrió y saltó Richie Gregg envuelto en una nube de humo. Advertí que no olía a tabaco. El lado del camión decía Los Perros Mestizos. Los otros dos perros, Louie y Ike salieron del camión tosiendo y se pararon a esperar en la acera. Llevaban ropa negra con huecos por todas partes. Los Perros Mestizos tocaban regularmente en el club, pero por su mala actitud y su tendencia a buscar pleitos, el dueño del lugar había decidido realizar una guerra de bandas para encontrar un grupo que le trajera menos problemas. Richie ya sabía sobre nosotros y pensaba que podíamos ganarle.

—Cariño —me dijo Richie sarcásticamente—. Te has estacionado en mi lugar.

—Perdón —dije sonando como todo un cobarde.

Los Perros Mestizos se empezaron a reír como si acabaran de escuchar el mejor chiste de su vida.

Al se les acercó y les dijo:

—Nosotros llegamos primero.

—Y a mí qué —dijo Richie.

Caminó hasta el camión y sacó algo de debajo del asiento. Antes de que pudiéramos darnos cuenta de lo que tramaba, comenzó a escribir con una lata de *spray* en un costado de la camioneta: *Los Pandemónium comen*... No le dio tiempo a terminar. Al le arrebató la lata y la lanzó al medio de la calle como si fuera una granada de mano.

Presentí que algo malo iba a suceder y pensé en correr y ponerme a salvo. En ese momento se abrió la puerta del club y apareció Stewy Lyons, el administrador del club. Stewy es un tipo grande y corpulento como un oso, con los brazos llenos de tatuajes.

—¿Quién es el dueño de este camión? —le preguntó a Richie.

Richie se señaló a él mismo.

—Ponlo en otro lugar, cabeza de chorlito.

—Enseguida —dijo Richie sin chistar. Sabía lo que estaba en juego como para hacer otra cosa.

—¿Y esta porquería aquí? —dijo mirando la camioneta.

—Es mía —contestó Al insultado.

—Mejor la estacionas en el basurero. No me dejes esa cosa tan fea frente a mi club.

—De acuerdo —dijo Al derrotado.

Stewy había parado la pelea, por el momento.

Richie se subió al camión, lo encendió y empezó a dar marcha atrás. Tenía suficiente espacio, pero dio un corte cerrado y chocó con una de las luces de nuestra camioneta.

—¡Imbécil! —le gritó Al.

—Gracias por el piropo —dijo Richie en tono de burla. Volvió a acelerar y salió en marcha atrás, chillando gomas hasta la mitad de la calle.

Capítulo tres

Una vez dentro de La Mazmorra sentí mareos. El cuarto detrás del escenario estaba repleto de gente y humo, y olía a mofeta muerta.

Lo único que quería era poder afinar la guitarra para tocar, pero no podía casi respirar. La banda que estaba en el escenario sonaba bien. La gente del público era exigente. No iba a ser una noche fácil.

Los Perros tocaron antes que nosotros. Les tomó una eternidad colocar los instrumentos y ajustar el audio. A Richie se le rompió una cuerda y Louie no conseguía acoplarse en la batería. Ike tocaba el bajo con soltura, pero una banda de música alternativa no puede funcionar sólo con el bajo. No era de extrañar que Stewy estuviera buscando un grupo nuevo.

Yo tenía la impresión de que el asunto de esa noche era más suerte que otra cosa. No era la mejor noche de Los Perros. Creo que habían fumado demasiado antes de tocar. De todas maneras, Richie tenía un estilo de chico malo a lo Mick Jagger que todo el mundo adoraba. Me preguntaba qué pensarían de mí, que no tenía ninguna experiencia en el escenario. Todo lo que yo podía hacer era tocar unos cuantos acordes y conectar varios *riffs*.

Cuando Los Perros Mestizos terminaron de tocar, la gente se puso de pie aplaudiendo y gritando. Me pareció escuchar cristales que se rompían. Los Perros sabían cómo agitar a la gente aun tocando mal.

Por fin llegó nuestro turno. Teníamos doce minutos para alistarnos. Mi guitarra aún no sonaba bien y el micrófono de Al tenía un contacto y sonaba como un mosquito gigante. Drek hacía conexiones y encendía y apagaba los controles como un loco. Antes de comenzar, las luces pestañearon y Stewy agarró el micrófono.

—Ustedes nunca han escuchado a este grupo, ni yo tampoco. Esta es nuestra oportunidad.

Se escuchó aplaudir a dos o quizás tres personas en una esquina oscura de La Mazmorra. Yo quería desaparecer. Cuando esperábamos detrás del escenario, Drek se había tomado varias cervezas y Al se había apurado otras tantas, pero yo estaba completamente sobrio y temblando de miedo.

Al comenzó a darle al bombo unos golpes sordos y Drek entró en el sintetizador tres notas más arriba. Yo no sabía si estábamos listos, pero mis dedos comenzaron a moverse por su cuenta. De pronto, ya se podía escuchar la música.

De hecho, estábamos tocando y sonando bien. Las paredes de La Mazmorra retumbaban y nos devolvían los sonidos como balas de cañón. Los amplificadores estaban muy altos para el lugar. Creo que el público se quedó boquiabierto. Parecíamos tres desahuciados de un coro de iglesia, pero Los Pandemónium entraron como un ciclón.

Yo estaba sorprendido con el sonido, pero no podía hacer otra cosa que seguir tocando. Moví la cejilla en el traste para elevar el tono, disminuí la reverberación en el *phaser* y nos metimos de lleno.

Tocábamos una pieza de nuestra creación, *El feo intruso*. Nadie la había escuchado antes. Yo me olvidé de la gente y de Los Perros Mestizos detrás del escenario. No había nada en qué pensar, más que en mi, en la banda y en la avalancha de sonido.

Tocamos por diez minutos, sin saltarnos ni una nota. La voz de Al apenas se oía, mientras Drek y yo hacíamos las segundas voces, y creo que el micrófono estaba apagado. Al final, terminé con un acorde improvisado y largo en la guitarra. Y ¿saben qué? me salió súper bien. Sonó mejor que nunca.

Era como si la guitarra y mis dedos hubieran estado haciendo todo el trabajo mientras yo observaba desde afuera. Mis dedos se movían como pólvora. Las luces creaban una sensación mágica en todo el lugar. Llegamos al punto más alto y justo como lo teníamos practicado, paramos la música de pronto, de forma perfecta.

La audiencia se quedó asombrada con el silencio. El lugar estaba repleto, y por un momento no se oyó una voz. Las luces parpadearon y la gente se puso histérica. No paraban de gritar: Otra, otra, otra.

Miré a Drek, que se había quedado pasmado. Stewy subió al escenario, me agarró un brazo y lo levantó en alto como si yo hubiera acabado de ganar el campeonato de boxeo de los pesos pesados.

—¿Qué me dicen? —dijo acercándose al micrófono.

La ola humana rugió. Había nacido una leyenda.

Stewy nos llevó detrás del escenario como si fuéramos viejos amigos.

—Chicos, ustedes tocan ¡que ni hablar! —nos dijo.

Miré a Richie de reojo y vi el dolor en su cara, algo que no esperaba.

—¿Todos tienen diecinueve años, verdad? —preguntó Stewy.

—Sí —dijeron Al y Drek al mismo tiempo.

Sin darme tiempo a contestar, alguien me puso una botella de cerveza en la mano.

—Porque si no tienen diecinueve años —continuó Stewy—, pueden tocar aquí pero tienen que estar detrás del escenario entre sesiones, no pueden conversar con los clientes, ni beber. De lo contrario, pierdo la licencia.

Debí decir algo en ese momento, pero con la cerveza en la mano y una chica preciosa que no paraba de mirarme, no me sentía como un niño.

—Muy bien. Tienen el trabajo. Tocarán de lunes a jueves por la noche. Tienen que estar listos a las ocho y media. Comienzan a tocar a las nueve. Tocan tres tandas y cierran a la una. Los domingos traemos grandes músicos. Ah, empiezan mañana.

Terminó de hablar y salió caminando. No era su estilo entrar en largas conversaciones.

—¿A la una de la mañana? —le pregunté a Al. En ese momento empezaba a darme cuenta de lo complicada que se volvería mi vida.

—¿Qué te pasa Germen? ¿No se te puede pasar la hora de ir a la cama? —Al me quitó la cerveza de la mano y se la tomó de un tirón.

¿En qué diablos me he metido? ¿Cómo voy a poder ir a la escuela a la mañana siguiente? ¿Qué dirán mis padres? Ese era el tipo de preguntas que me daba vueltas en la cabeza.

—¿Y si Stewy se entera de que tengo solamente dieciséis años? —pregunté.

—Nos fregamos. ¿Qué crees que va a pasar? —dijo Drek acercándoseme de forma desafiante.

Al lo agarró por la camisa y lo empujó contra la pared.

—Déjalo tranquilo, estúpido. Germen es la clave del éxito. Sus dedos valen un millón de dólares. Sin él, no hay negocio, así que trátalo bien.

—Sí, sí. Sólo estaba bromeando. Perdón —dijo Drek disculpándose.

Yo sabía que él no lo decía en serio.

En ese momento la chica se me acercó.

—Oye, me encanta tu música —dijo—. Creo que todos te adoran.

Tenía pelo castaño y una sonrisa de medio lado. Dijo que se llamaba Suzanne.

—¿Te puedo pagar una cerveza? —dijo.

Yo no quería una cerveza. No estaba acostumbrado a beber. Lo que quería era irme a casa. Estaba cansado, pero hacía tanto tiempo desde que una chica, cualquier chica, se había interesado en mí que no podía dar media vuelta e irme.

—Vamos, actúa como un caballero —dijo Drek poniéndome un billete de diez en la mano—. Invítala a una cerveza.

Dejamos el grupo, le compré una cerveza y nos sentamos en una de las mesas.

Ella me compró otra. Así fue cómo empezó todo. Tuvimos una conversación increíblemente tonta sobre los chicos con los que ella había salido. Todos habían sido unos cerdos o unos estúpidos. Me dijo que hasta había salido una vez con Richie Gregg. Ahora lo odiaba a muerte. ¿Quién no?

Cuando se me ocurrió mirar el reloj pulsera, era la una y cuarto de la madrugada. Pensé en mis padres y en la tarea que tenía que terminar para el siguiente día. Me sentí un poco mareado por la cerveza. Me dio un poco de miedo. No estoy seguro por qué. Las cosas se desarrollaban demasiado rápido.

La música era más adictiva para mí que la cerveza y no quería que todo terminara. Miré a Suzanne y a mi alrededor. La gente ya empezaba a dejar La Mazmorra. Miré de nuevo mi reloj. Supe que esa situación iba a ser mi perdición.

Quería saber de una vez adónde me llevaría.

Capítulo cuatro

Cuando mi padre entró en el cuarto como un tornado, todavía soñaba que estaba en el escenario. Fue directamente a la ventana y le dio un ligero tirón a la cortina, que saltó y se enroscó en la parte de arriba. La luz del sol se metió en el cuarto como si alguien hubiera encendido un reflector.

—¡Levántate, Jeremías! ¿Dónde estuviste anoche? —dijo caminando de un lado para el otro.

—Eh, bueno... lo que pasa es que... bueno, la banda... estuvimos tocando y...

—No me vengas con el cuento de Los Pademónium...

—Los Pandemónium no son un cuento, papá.

—Qué Pandemónium ni qué ocho cuartos; no te trajimos a este mundo para ser guitarrista —levantaba la voz más y más.

—Papá, tú no comprendes. No sabes lo que sucedió. Cuando estaba tocando...

—Claro que sé lo que pasó. Te olvidaste de tus obligaciones. Nunca te debí haber comprado la dichosa guitarra. Le voy a poner fin a esta situación ahora mismo: tienes que llegar a casa a una hora razonable o dejas la banda.

Todavía caminaba de un lado para otro del cuarto, gritando y protestando. Me tiré de la cama y recogí la ropa que estaba en el suelo. No quería oír nada más. Todo lo que quería era salir de allí. Ni hablar de las medias. Me puse los zapatos sin ellas y salí. A todas estas, llegué unos minutos tarde a la clase. Se podría pensar que había desatado la Tercera Guerra Mundial.

Esa tarde cuando llegué a casa a la hora de la cena, mi padre parecía más calmado. La compañía para la que trabajaba había cerrado un jugoso contrato y ahora todo en este mundo se le antojaba perfecto. Ya habíamos discutido el asunto y pensaba que era suficiente para que, a partir de ese momento, yo hiciera bien las cosas.

—Bueno, Jeremías, ¿has pensado en lo que hablamos esta mañana? —dijo mientras se sentaba a la mesa.

—Papá, no puedo renunciar a la banda hasta que no encuentren a otro guitarrista —esa era una manera de alargar la situación; ni pensar en que yo iba a dejar a Los Pandemónium.

—¿Pero piensas renunciar? —preguntó mi padre.

Miré a lo lejos y comencé a darle vueltas a la comida.

—Estamos preocupados de que puedas adquirir malos hábitos —dijo mi madre.

—Y estás en la calle hasta altas horas de la noche —agregó mi padre—. Cuando yo tenía tu edad, tenía que estar en la cama a las diez de la noche.

—Mira —dije—. No tenemos otro tiempo para practicar que no sea por la noche. Drek y Al no salen del trabajo hasta las seis y media. Hemos avanzado mucho. No lo creerás, pero hemos alcanzado un buen nivel. No puedo defraudarlos ahora.

De ninguna manera podía darles detalles de nuestro trabajo en La Mazmorra.

—Les prometo dedicar más tiempo a la tarea, mejorar mis calificaciones en todas las asignaturas, hasta en matemáticas —sonaba como si todo lo tuviera bajo control.

Mis padres se dijeron algo con la mirada.

—Te daremos una oportunidad —dijo mi madre.

Mi padre parecía tener acidez estomacal.

—Qué bueno. Gracias.

Éramos de nuevo una familia feliz. Por el momento.

Durante la primera semana me las arreglé entre las largas noches, la banda y la escuela; pero las tareas y un examen de matemáticas en el horizonte me sacaron de paso.

En realidad, a mí nunca me ha gustado la escuela y soy malísimo en matemáticas. Las clases de inglés son aburridísimas y en las de francés la paso peor que enfermo con vómitos. Y ni me hablen de la asignatura Problemas del Mundo Moderno. Ni que fuéramos a aprender cómo resolverlos.

Era medianoche y estaba yo metido en la tarea, sentado en una de las mesas de La Mazmorra cuando se me acercó Suzanne.

—¿Qué haces? —me preguntó.

—Números irracionales —le contesté.

Me miró como si yo acabara de llegar de otro planeta.

—¿Qué?

—Ah, nada, es un *hobby* —no iba a admitir que todavía estaba en *high school*.

Suzanne se sonrió con una sonrisa tonta y bonita a la vez.

—Sí. A mí me gustan también.

Tenía un examen de matemáticas en el segundo turno y trataba de averiguar qué era un número irracional. No resultaba fácil mientras ella me miraba de esa manera.

—Eres diferente a los demás —me dijo Suzanne.

Pensé que en realidad quería decir que era un lerdo. Le impresionó Germen, al que vio tocando guitarra, y no podía entender muy bien a Jeremías, el que estudiaba los números irracionales.

Me gustaba Suzanne, a pesar de que era mayor que yo, y me sentí halagado de que me enamorara.

El descanso terminó. Cuando me dirigía otra vez al escenario, Suzanne me lanzó un beso. Agarré la guitarra y tiré el libro de matemáticas en el estuche. Encendí el amplificador y en segundos ya tocábamos *Tracción*, una pieza de *heavy metal*.

—Métele —gritó Drek por sobre el rugido de la audiencia. Quería que yo entrara con mis improvisados acordes locos.

Y eso fue lo que hice. Apreté los dientes y rasgué las cuerdas. Ajusté el *flanger* y las puse a llorar. La música tiene un gran poder, que no puedo explicar. Yo era bueno tocando de forma salvaje y en el escenario podía actuar como me viniera en gana. Era una sensación maravillosa y liberadora.

Capítulo cinco

También me las tenía que ver con Richie Gregg. Después de la gran pelea con mis padres, Richie también se me acercó con algunos "consejos". Estaba yo fuera del bar, tratando de encontrar la fuerza necesaria para poner mi amplificador en la camioneta de Al, cuando se apareció. Al y Drek estaban dentro guardando unos cables.

—Oye, tú, cretino —escuché que decía una voz a mis espaldas.

No tenía que voltearme para saber quién hablaba. Deseé que desapareciera como por arte de magia, pero no tenía tanta suerte. Una mano huesuda me agarró por el cuello de la camisa y me volteó de un tirón. Traté de que el amplificador no se estrellara contra la acera.

Richie me acercó a su cara, escupiendo mientras hablaba.

—Oye, infeliz, estás a punto de renunciar a esa porquería de banda en la que tocas —dijo.

Era una amenaza. Podía verlo en los ojos de desquiciado con que me miraba. No me sorprendería que hubiera estado bajo los efectos de alguna droga.

Le dejé caer el amplificador en un pie y retrocedió un poco.

—No me puedes obligar —le dije.

Se rió, con una risa descarada.

—Dejas la banda ahora mismo o te parto la cara.

Yo estaba realmente agotado. Tenía problemas con todo: la escuela, mis padres. Lo único que quería era irme a dormir, para entonces encontrarme con otro problema.

Richie mostraba los dientes, como el perro, que en realidad era. ¿Qué podía decirle para que me dejara en paz?

—Socio, no puedes pretender resolverlo todo con violencia —le dije sin pensarlo. Soné como un predicador.

Richie me miró como si le hubiera hablado en idioma swahili. Agarré mi amplificador y traté de ignorarlo.

Richie me volteó y me dio un puñetazo en la misma boca. Era la primera vez en mi vida que alguien me golpeaba.

El muy desgraciado me tumbó un diente que, con el golpe, fue a parar a mi garganta. Por unos segundos comencé a atragantarme y luego me lo tragué. A todas éstas me iba cayendo de espaldas en cámara lenta contra la camioneta.

Primero, Richie parecía complacido, pero luego me pareció ver preocupación en su cara. No miedo, sino preocupación. Comenzó a alejarse un poco mientras yo cerraba los ojos y sentía el sabor pegajoso y dulce de mi propia sangre.

Todo cubierto en sangre, Al corrió conmigo para el hospital, donde llamaron a mis padres. Cuando llegaron les dije que había tropezado con un cable. Soy bastante torpe.

Mi madre no podía ni hablar del disgusto, pero mi padre no paró de regañarme todo el camino a casa.

—¿Qué estás haciendo con tu vida?

—Fue un accidente —le respondí.

—Jeremías, algo está pasando contigo y no me gusta. Tienes que sentar cabeza. Mírate esa cara. Eres un total desastre.

—Estoy bien, papá.

—Jeremías, no es sólo esto. También me encontré con el señor Langford, tu profesor de inglés y me dijo que vas de mal en peor en la escuela. No puedes desperdiciar tu vida de esa manera. La escuela es lo más importante. Esto empeora cada día.

—Dame una oportunidad, papá —le dije. No necesitaba más problemas de los que ya tenía.

De alguna manera, era más importante que nunca que no renunciara a la banda.

No podía dejar que Richie se saliera con la suya. Además, mi amor por la música no tenía marcha atrás.

—No —dije—. No voy a dejar la banda.

Capítulo seis

Por fin el diente tomó el único camino que encontró y el que el médico señaló como único posible.

El Dr. Holgat, dentista amigo de mi padre, me construyó un diente postizo que se podía poner y quitar. Cuando se lo mostré a Suzanne, dijo:

—¡Qué lindo! Me gusta.

A Los Pandemónium nos iba bien.

Estábamos componiendo música y en realidad nos esforzábamos.

La música era mi única pasión y yo adoraba cada minuto de mi experiencia. Con tantas horas de práctica, me estaba conviertiendo en un buen guitarrista. Por mi parte, daba el máximo y siempre trataba cosas nuevas, pero tenía un problema: me dormía todo el tiempo en la escuela.

Una noche Drek me dio un montón de píldoras.

—Pruébalas —me dijo.

—De ninguna manera voy a tomarme esas drogas —le dije.

—Oye, estas píldoras se pueden comprar sin receta en la farmacia. No son drogas. Son de cafeína. Es como tomar café.

Yo odiaba el café, pero las probé. Me hicieron efecto por un tiempo, pero no resultaron suficiente. Siempre con sueño, no podía leerme cincuenta páginas de los problemas del mundo moderno y había olvidado todos los verbos importantes del francés. Mi promedio en matemáticas había bajado a cincuenta y cinco y no encontraba tiempo para terminar el ensayo "Alternativas a la guerra".

No funcionaba en la escuela y no encajaba tampoco en el club. Todo lo que yo quería hacer era tocar y dormir.

Un día, mientras dormía en la clase de Langsford, la campana sonó y no me desperté. Todo el mundo salió de la clase menos yo. El señor Langford me tocó en el hombro.

—Es la hora de la verdad, Jeremías —dijo el profesor.

Me desperté de un sueño donde yo huía de algo. Corría solo por un pasillo largo. No sabía qué era lo que me perseguía. Estaba aturdido. Me quité el diente y lo miré. No tenía idea de dónde había salido.

—Relájate por un minuto —me dijo Langford.

Bostecé.

—Si me relajaba un poco más, quedaría muerto.

El profesor me miró preocupado.

—Jeremías, ¿qué es lo que te pasa? Parece como si te hubieran sacado el cerebro y lo hubieran tirado a la basura. Te quedas dormido en la clase. Tus notas están por el piso.

—Señor Langford, debo decirle la verdad. Estoy a punto de dejar la escuela. Es algo que ha sucedido poco a poco. No me queda otro remedio: o la música o la escuela. No pueden ser las dos cosas.

—¿Por qué?

—Usted no comprendería —le dije.

—¿Por qué no lo intentas? Vamos, soy todo oídos.

—Es algo que tengo que hacer.

El señor Langford estaba disgustado. Movió la cabeza de un lado para el otro sin decir palabra y se marchó. Me quedé solo en una clase enorme y vacía.

Esa noche, de camino a La Mazmorra con Drek y Al, les dije lo que estaba pensando.

—Olvídate de la escuela —me aconsejó Drek—. No la necesitas. Llegarás a ser una leyenda viviente.

Drek odiaba la escuela y la había dejado hacía tiempo. A pesar de ser inteligente, siempre había tenido malas calificaciones. Podía leer música y revistas sobre electrónica veinte horas al día, pero la escuela nunca le había hecho gracia.

—No dejes la escuela —me dijo Al. Muchas veces actuaba como un padre—. Pronto va a llegar el verano y no tendrás tarea de qué preocuparte.

—Sí, pero faltan seis meses para el verano —le respondí.

—Tienes que aguantar.

Me dio un buen consejo.

Capítulo siete

Pensé que eso solucionaría mis problemas. Es decir, dejar la escuela, o por lo menos, haber tomado la decisión de hacerlo.

Le di largas al asunto. Langford sabía mis intenciones y también lo sabían los chicos de la banda. Quería esperar el momento oportuno para decírselo a los demás: la hora de la verdad, como había dicho el señor Langford.

Sin embargo, decidí decírselo a Suzanne.

Ella siempre quería que le hablara de mis cosas, pero yo no tenía nada que decirle.

—Sabes qué, Suzanne. He decidido dejar los estudios —le dije.

—Jeremías, no sabía que estabas en la universidad.

—No, estoy en *high school*.

Sonrió tontamente.

—No puede ser verdad lo que dices.

—Lo es. Soy más joven que tú. Debí decírtelo antes. No debo tocar aquí ni beber cerveza —dije tragando en seco.

—Apuesto a que también eres virgen —dijo.

—¿Qué?

—Me refiero a sexo —dijo—. Me imagino que no has tenido ninguno.

—¿Qué sabes tú?

—Sólo me lo imagino —contestó.

De pronto la conversación había tomado un giro extraño, y yo no iba a admitir que nunca había experimentado sexo.

—El hecho de que yo sea más joven no quiere decir que mi vida social sea nula —dije, probablemente un poco a la defensiva.

—Te creo —dijo mordiéndose los labios—. Y no me importa tu edad. Me gustas así.

—Bueno, me alegro que eso no sea un obstáculo.

—Pero me parece bien que dejes la escuela. Yo nunca me sentí libre antes de terminar la escuela.

—¿Terminaste los estudios?

—En realidad, sí. Lo hice porque no tenía nada mejor que hacer.

Se había terminado el receso y tenía que regresar al escenario.

—Por favor, no se lo digas a nadie —le pedí.

—No lo haré.

Suzanne comenzó a beber y yo me fui al escenario. Los Pandemónium comenzaron a tocar.

A mitad de la sesión, noté que alguien se había sentado junto a Suzanne. Era Ike, de Los Perros Mestizos. Había pedido cervezas para un batallón. Comencé a preocuparme.

No tardó mucho en empezar a tocarla e intentar abrazarla. Pensé que no me importaría, pero sí, me molestó.

En realidad, Suzanne no era mi novia, y yo era, probablemente, uno de sus muchos favoritos. Así era ella. Por mi parte, no las tenía del todo con los tipos de La Mazmorra. Se reunían allí para conseguir chicas y Ike no era del grupo de amigos en los que yo confiaba.

Vi cómo Suzanne lo empujaba para deshacerse de él. Ike no le daba una oportunidad.

—Drek, vamos a tomar un descanso. Tengo que resolver un problema —dije.

—A Stewy no le va a gustar —fue la respuesta de Drek.

Al se dio cuenta de lo que me pasaba y me respaldó.

—Deja que Stewy sea el que lo diga.

Al anunció el descanso y yo desconecté la guitarra.

Me acerqué a la mesa de Suzanne y me senté frente a un mar de botellas de cerveza. Suzanne parecía estar pasada de tragos.

—¿Cómo estás, Ike? —pregunté.

—Estaba bien hasta que llegaste —me respondió.

—Lo lamento —le dije.

Suzanne empezó a reírse bajito y Ike la agarró por la muñeca. *¿Y ahora qué?*, me pregunté.

Ella trataba de zafarse y él no la soltaba. Yo me enfurecía cada vez más. Sabía que estaba a punto de explotar. Me pasé la lengua por los dientes.

—Suéltala, o te vas a arrepentir —dije y me sorprendió la forma convincente en la que hablé.

—¿De qué? ¿Cómo vas a detenerme? —dijo Ike con actitud desafiante.

En ese momento me di cuenta de que Ike lucía como un cavernícola.

—Podemos hacer el intento —dijo alguien por detrás de él.

Era Al, la aplanadora, y a su lado estaba Drek.

Ike estaba listo para pelear. Al lo hubiera noqueado en segundos. Yo sólo tenía que dar un paso atrás y dejarlos solos.

En eso, apareció Stewy.

—¿Todo bien por aquí, chicos?

—Sí, todo bien —dije yo sonriendo.

—Qué bien, qué bien. Así me gusta, que mis clientes estén contentos.

—Nosotros ya nos íbamos —dijo Suzanne con la lengua medio enredada. Me agarró por un brazo y me arrastró hasta la puerta.

—¿A dónde vamos? —le pregunté.

—Nos vamos de aquí —dijo sacando las llaves del carro de la cartera.

—Un momento, todavía tengo que tocar otra sesión. Además, has bebido demasiado y no debes manejar en esas condiciones.

Me echó una mirada que podía atravesar una pared de hormigón armado.

—Yo me voy contigo o sin ti —dijo dando tumbos mientras caminaba hacia el carro.

No podía dejarla manejar en ese estado.

La seguí hasta un Trans Am rojo. En cuanto me senté, me besó en la boca. Pensé que me atoraría con su lengua casi dentro de mi garganta, aunque debo decir que no me disgustaba.

En cuanto se separó de mí encendió el carro.

—Fíjate en esto —dijo poniendo la marcha atrás y pisando el acelerador hasta el fondo. Salió chillando las gomas, que se gastaron más en treinta segundos que en un año entero.

Después, puso la primera, y nos alejamos a gran velocidad. Estaba seguro de que nos íbamos a matar.

—¡Afloja! —le grité.

—Vamos, relájate —fue todo lo que dijo mientras seguía acelerando y el carro se estremecía—. Apuesto a que no sabías que soy una chofer de primera.

—No, no lo sabía —dije—, y no tienes que probármelo.

—No has visto nada todavía.

Nos acercábamos a una intersección. Suzanne cambió la velocidad, giró el timón hacia la derecha y volteamos rapidísimo.

Casi logra doblar, pero el Trans Am patinó hasta el otro lado de la calle. Otro carro se nos acercaba de frente. Todo lo que vi fueron las luces delante de nosotros.

Suzanne giró el timón con toda su fuerza
hacia la derecha. Nos subimos en la acera
y pronto nos vimos dentro del jardín de una
casa en dirección a un árbol.

Suzanne giró el timón de nuevo con más
fuerza, sin quitar el pie del acelerador. En
estado de pánico, me incorporé y tiré de la
llave logrando sacarla. Estábamos otra vez
en la acera, en dirección a la calle. El carro
tembló y se detuvo.

Suzanne puso la cabeza en el timón.
Pensé que iba a comenzar a llorar. Yo
estaba tan furioso que no tenía intención de
consolarla.

—Eres una estúpida —fue lo que pude
decir, todavía con la llave aún caliente en la
mano.

Abrí la puerta y me bajé.

—Devuélveme las llaves para largarme
de aquí —me pidió.

—Olvídalo —le grité, y las lancé en la
oscuridad lo más lejos que pude.

Luego me alejé caminando.

Capítulo ocho

Pensé que no quería saber más de Suzanne, pero cuando no se apareció por La Mazmorra al día siguiente, llamé a su casa. No tuve respuesta, a pesar de que insistí varias veces.

Ya no tocaba como antes y desafiné en medio de *El feo intruso*. En un momento casi me caigo del escenario.

—¿Qué es lo que te pasa? —me preguntó Al.

—No sé —dije—, creo que he perdido la inspiración.

—¿Inspiración? Deja esa porquería. Olvida a esa chica y métete en la música —dijo Al mirando a Drek—. Estos chavos de ahora, ¡no sé qué rayos tienen en la cabeza! —dijo renegando.

Miré alrededor y vi que el club estaba lleno de gente. Teníamos una buena reputación. Éramos, en ese momento, la mejor banda de la ciudad. Drek dijo que había llegado la hora de que sacáramos un CD de muestra, pagado por nosotros, por supuesto. Teníamos bastante material, pero yo pensaba que no estábamos listos y no quería gastar el dinero que había ganado. Volví a mirar a la gente. Faltaba algo. Suzanne no estaba.

Fue entonces que noté una cara conocida: ¡Langford! ¡Mi profesor de inglés estaba en La Mazmorra! Me miró y me saludó. Me hice el que no lo veía.

—Vamos, Germen. Para de soñar despierto. Tenemos que tocar —me recordó Drek.

Al se inclinó sobre la batería y me dijo bajito:

—Inspírate.

Y así lo hice. Quería que Langford supiera la razón por la que dejaba la escuela. No era un tipo malo y merecía saber la verdad.

Me saqué del fondo del bolsillo mi púa preferida. Cerré los ojos y me sumergí en la música. Mi antiguo "yo" había regresado. Me había elevado al espacio junto a mi guitarra.

Al final de la sesión, Langford estaba aplaudiendo al lado del escenario.

—Jeremías, es hora de que hablemos —me dijo.

—No sé si tengo algo más que decir. Ya con esto ha podido conocer toda la historia.

—Vamos —insistió—. Dame un minuto.

Me daba cuenta de que no iba a rendirse fácilmente. Nos sentamos en una mesa. El camarero puso una cerveza delante de cada uno. Yo no toqué la mía. El señor Langford parecía preocupado, pero me sonrió.

—Fue fantástico, Jeremías. Puedo ver por qué quieres dejar la escuela. Yo tocaba el bajo en una banda de rock cuando era joven, en 1969. Hasta hicimos una vez la apertura de un concierto de los *Grateful Dead*.

—¡Mentira! —dije olvidándome que le hablaba a mi profesor de inglés.

—¡Verdad! —dijo Langford—. Pero eso es algo del pasado. Sólo quiero que sepas que sé por lo que estás pasando, pero tienes que permanecer en la escuela. Ya te sobrará tiempo para la música cuando te gradúes. No lo tires todo por la borda, sólo por esto.

Me sentía incómodo con la conversación.

—¿Usted vino aquí para molestarme o para oír la banda?

Langford me hizo una seña con las manos de que iba a ignorar mi comentario y continuó hablando.

Lo que no sabía era que Richie Gregg estaba parado detrás de nosotros. El muy chismoso estaba espiando nuestra conversación. En cuanto supo lo que pasaba corrió a buscar a Stewy.

Regresó con Stewy y lo sentó en nuestra mesa. A Drek y a Al no les gustó el movimiento y también se acercaron.

—Vamos, dile la verdad a Stewy, tú, Germen —dijo Richie—. Eres menor de edad y todavía vas a la escuela.

Stewy pareció disgustarse con la situación. Por culpa de Langford y de mi lengua larga podíamos perder la oportunidad de la vida. Drek y Al se enfurecerían y sería el fin de nuestra buena suerte.

—Y este tipo aquí es su profesor de inglés —continuó Richie. Pronunció "profesor de inglés" como si se tratara de una enfermedad infecciosa.

Stewy se remangó la camisa mostrando los tatuajes. Hacía el mismo gesto cuando algo le incomodaba. Le echó una mirada de desprecio a Langford y le dijo:

—¿Tiene algún problema con que el muchacho toque un poco de música?

—Ninguno —respondió Langford.

Stewy miró a Richie.

—Y es menor de edad —protestó Richie—. No debe estar tocando aquí, y te mintió.

Stewy me miró y negando con la cabeza me dijo:

—Debiste haberme dicho la verdad, muchacho.

—Sí —saltó Richie—. Y si la ciudad se entera lo va a echar de aquí. Y puede que te cierren el negocio. Mejor te apuras y tomas medidas.

—Richie —dijo Stewy deteniéndose en cada palabra—, ¿quién le va a ir con el cuento a la ciudad?

—Puede ser que él lo haga —dijo Richie señalando al señor Langford.

—¿Usted me va a reportar? —le preguntó Stewy a Langford.

Langford dijo que no con un movimiento de cabeza.

—¿Y tú, Richie? ¿Nos vas a chivatear?

Richie se pegaba cada vez más a la pared.

—Yo podría hacerlo y eso sería el fin de Los Pandemónium.

Stewy respiró profundamente y se puso de pie. Se le acercó a Richie y respirando pegado a su cara le dijo:

—Richie, si hablas de esto a alguien, te aseguro que nunca jamás vas a ganar un centavo tocando música en esta ciudad.

De eso me voy a encargar yo personalmente. Tus perros mestizos tendrán que comer de los latones de basura por el resto de sus vidas.

Luego, se dirigió a mí.

—Richie tiene razón en una cosa: si eres menor de edad, tienes que ir detrás del escenario entre sesiones —Stewy hablaba bajito y despacio, peor que si me gritara—. Si vienes al bar, estaré incumpliendo la ley. Y si me agarran, tengo que cerrar. Ningún chiquillo me va a cerrar a mí el negocio.

Stewy hablaba muy en serio.

—De ahora en adelante —terminó diciendo—, no quiero verte por este lado del escenario, ¿me entendiste?

En ese momento me sentí como un niño pequeño ante un buen regaño. Dije que sí con la cabeza. Stewy recogió todas las botellas de cerveza de la mesa y se fue.

Richie me miró con odio.

—No creas que esto se queda aquí, Germen. Espera un poco.

Capítulo nueve

Al día siguiente nos entregaron los reportes en la escuela. En el mío se podía leer "problemas a la vista" en cuanto lo abrías. La música había arruinado mi progreso escolar.

Salí de la escuela en dirección a la casa, sin ni siquiera mirar por dónde iba. En la acera casi me estrello contra la camioneta de Al, estacionada en frente.

—Germen —dijo Drek—, ¿qué es lo que te pasa?

Llevaba un par de gafas de sol que le cubrían los lados de la cara y parecía un extraterrestre. Al iba de chofer.

—¿Qué hacen ustedes aquí? —les pregunté. No tenía intención de decirles lo del reporte. Se reirían de mí. Lo verían como un chiste.

—Acabamos de renunciar a nuestros trabajos —dijo Drek.

—¿Qué? ¿Por qué?

Al se rió. Sacó el brazo por la ventanilla, le dio varios golpes al techo de la camioneta y dio un grito de triunfo.

—Sube. Vamos a dar una vuelta —me dijo.

Salté a la parte de atrás y Al salió disparado. Algo extraño estaba pasando. Al tenía una sonrisa de oreja a oreja que nunca le había visto.

—Vamos, Drek, díselo —dijo.

Drek se quitó las gafas y entrecerró los ojos a causa de la luz.

—Así van las cosas, socio. Estamos a punto de dar el salto del siglo.

—No me vengan con cuentos. ¿Sí, en serio? —creía que me estaban tomando el pelo.

—Sí. ¡En serio! —dijo Drek—. Stewy recibió una llamada de un cazatalentos de una compañía disquera. El tipo irá a vernos la semana que viene.

—Me parece bien, pero no tiene necesariamente que significar nada —dije sonando como un aguafiesta.

—No digas eso. Esta es nuestra gran oportunidad, la que hemos estado esperando —dijo Al tocando la bocina para alertar a unos peatones—. Somos buenos. Ya has visto cómo reacciona la gente que va a La Mazmorra. Además, Stewy piensa que podemos llegar alto, dice que somos originales.

Drek echó la cabeza hacia atrás de forma altanera. Actuaba como si él fuera el cerebro detrás de todo.

—Fíjense, así es cómo funciona la cosa. Si le gustamos a ese tipo, entonces podemos discutir nuestras opciones. La compañía nos apadrina y nos consigue algunas presentaciones junto con bandas que ya tienen publicados sus cedés. Nos damos a conocer y ganamos dinero al mismo tiempo.

Al lo interrumpió.

—Y si la cosa va bien, ganamos un disco de platino y compramos una casa en Malibú.

—¿Y si el tipo piensa que no somos buenos? —pregunté—. ¿Y si metemos la pata?

—Siempre tendremos trabajo en La Mazmorra. Ahora estamos ganando buen dinero. Es hora de que pensemos en el día de hoy y toquemos nuestra mejor música.

Drek hablaba con tanta seguridad que casi me lo creo. Casi.

Cuando llegué a casa, puse el reporte de la escuela encima de la mesa de la cocina y subí las escaleras hasta mi habitación. Cuando bajé más tarde para cenar, mis padres parecían un pelotón de fusilamiento. Me iban a sermonear hasta la muerte. La tortura más cruel de todas.

—¿Qué tal el día de trabajo? —le pregunté a mi viejo. Soné un poco sarcástico aunque no fue mi intención.

—He tenido días peores —gruñó.

—Ya vimos el reporte de la escuela —dijo mi madre yendo al grano.

—¿Puedes pasarme el puré de papas? —pregunté.

Mi padre estaba a punto de explotar.

—Está bien, ni hablar de las papas —dije.

No era el momento de hacerme el listo, pero no pude evitarlo.

—Tus notas son un desastre, Jeremías. Puede que no pases de grado. Es algo horrible —dijo mi padre mirando fijamente al reporte que había puesto en su plato.

—Podría ser peor —dije.

—Jeremías, no estás tomando las cosas con seriedad.

—Sé lo que estoy haciendo —mentí, tratando de sonar convincente, pero mi cerebro estaba más revuelto que un par de huevos.

—Entonces, dinos exactamente qué es lo que piensas hacer —preguntó mi padre.

Respiré profundamente.

—Voy a dejar la escuela y me voy a dedicar completamente a Los Pandemónium.

A mi madre le corrían las lágrimas, y la cara de mi padre pasaba por todos los colores del arco iris.

—Ya tenemos trabajo. Tocamos cuatro veces a la semana en La Mazmorra.

—¿Ahí es donde has estado? —preguntó mi padre—. ¿Trabajando en un bar?

—Sí. Y ganando buen dinero.

Mi padre trataba de digerir lo que le acababa de decir.

—¿Crees que tocar en un bar es trabajo? Déjame decirte que tienes mucho que aprender.

—¿Cómo pueden dejar a un niño tocar en un bar? Tiene solamente dieciséis años —dijo mi madre mientras se secaba las lágrimas con la servilleta.

Mi padre la ignoró. No me quitaba los ojos de encima.

—Deberían ir a vernos —dije—. Tocamos muy bien. Ganamos la guerra de las bandas y somos una de las mejores de la ciudad.

Mi padre se quedó boquiabierto.

—No voy a llevar a tu madre a ese lugar... a esa mazmorra.

—Papá, comprende. La música es lo más importante para mí. Tú mismo me compraste mi primera guitarra ¿te acuerdas? Además, es posible que muy pronto firmemos un contrato con una compañía disquera —estaba exagerando, pero tenía que convencerlo por todos los medios posibles de que estaba haciendo bien y de que no podía rendirme.

—Olvídate de eso, Jeremías. Esas compañías no firman contratos con niños de dieciséis años. Tienes que poner los pies en la tierra. Tu madre y yo te hemos tenido viviendo en un mundo de fantasía por demasiado tiempo. De una vez por todas vas a hacer lo que te digamos.

De pronto, mi padre se convirtió en la gran autoridad de todas las cosas. Pensó que me podía controlar.

—Te aplicas, trabajas duro y terminas la escuela. Renuncias a esa banda de basura y te me alejas de esos bares nocturnos antes de que te veas en un serio problema —hablaba con un cuchillo en una mano y un tenedor en la otra; los dos apretados fuertemente con los puños cerrados—. Si quieres vivir en esta casa, tienes que hacer lo que yo te diga. ¡Y no hay nada más que hablar!

Me empezó a hervir la sangre. No podía creer que todo fuera a terminar así y que mis padres fueran tan injustos.

Me levanté de la mesa y fui directamente a mi cuarto. Me sentía aturdido, como si me hubieran lanzado en un cohete al espacio rumbo a otro planeta. La casa me parecía diferente. Supe que tenía que salir de allí.

Capítulo diez

Podía escuchar a mis padres en el piso de abajo. Todavía hablaban de mis problemas en la escuela. Después comenzaron a hablar de todas las mentiras que les había dicho y de cómo no se podía confiar en mí. Finalmente, cansado de escucharlos, bajé las escaleras corriendo y salí de la casa. A pesar de que La Mazmorra estaba al otro lado de la ciudad, comencé a caminar en esa dirección. No tenía otro lugar adonde ir.

Empecé a fantasear que habíamos firmado el contrato. Los Pandemónium se habían convertido en un éxito de la noche a la mañana, y nosotros en millonarios. Les había comprado a mis padres una elegante casa nueva para resolver las diferencias. Mi padre tuvo que admitir que estaba equivocado y todos vivimos felices para siempre.

Pero era todo un sueño. El contrato podía no llegar nunca, y podía reprobar el grado. Si había llegado hasta allí, tenía que seguir. Tenía que ver el final de la historia.

En la primera cabina de teléfono que me encontré, busqué el número de la casa de Landford y lo llamé.

—¿Qué tal, Jeremías? ¿Cómo estás?

—Hola, señor Langford. ¿Se acuerda de lo que hablamos el otro día sobre la escuela? Bueno, ya tomé una decisión. La vida no se trata solamente de sentarse en un aula aburrida. Voy a dejar la escuela. Quiero que usted lo diga por mí en la dirección.

—Jeremías, yo creo que deberías pensarlo detenidamente antes de...

—Ni hablar, ya lo tengo decidido. No voy a ir más.

—Escucha, si son las notas lo que te preocupa, todavía estás a tiempo...

—No. No es sólo eso —le dije con voz dudosa—. Son otras cosas también. Vamos, le pido que me haga solamente este favor.

Langford sonaba contrariado. Yo sabía que lo estaba, pero aun así, no trató de convencerme.

—Está bien, pero tienes que firmar varios documentos. Ven a la escuela mañana por la mañana.

—Ni soñarlo. No puedo ir por la mañana. ¿No pueden mandarme los papeles?

La línea quedó en total silencio. Entonces Langford habló.

—¿A qué dirección te los envío?

No supe qué responder. Tenía la mandíbula trabada. Sentí que tenía una soga apretada alrededor del estómago.

—Jeremías, ¿estás ahí?

—Olvídese de los papeles. Dígales que no voy a ir más y se acabó.

Colgué el teléfono de un golpe y comencé a caminar hacia La Mazmorra.

Estaba casi llegando cuando un carro se detuvo a mi lado. Vi que era Suzanne.

—Buenas tardes, señor, ¿acepta mi invitación?

Estaba demasiado cansado para negarme. Caminé hasta el lado del pasajero y subí al carro.

—Gracias a ti no desbaraté el carro la otra noche —dijo.

—Lo sé —le contesté.

—Lamento lo que pasó esa noche. Siempre lo echo todo a perder: padres, escuela, chicos, ya sabes.

Teníamos el tráfico detenido y una larga fila de carros detrás de nosotros llegaba hasta el semáforo de la esquina. Algunos nos tocaban la bocina. Suzanne sacó el pie del cloche y empezamos a movernos lentamente.

—Bueno, si quieres hablar de echarlo todo a perder, aquí tienes a un experto —dije.

—¿Tú? No, tú no, Jeremías —me dijo con una amplia sonrisa.

Me incliné y le di un beso.

—Sí, yo —y le dije todo lo que había ocurrido en las últimas veinticuatro horas.

Le conté que salí de mi casa como una tromba y mi conversación con Langford. Al oírme hablar, pude darme cuenta de la confusión en la que estaba.

Suzanne se me quedó mirando.

—Sabes qué, apuesto cualquier cosa a que el cazatalentos les va a ofrecer un contrato. Ustedes son buenos. Después de eso, las cosas no van a parecerte tan mal.

Sus palabras de aliento me hicieron sentir un poco mejor.

—¿Vas a La Mazmorra esta noche? —le pregunté.

—No sé. Pensaba dejar de ir por allí. He estado desperdiciando mi vida metida en ese club. Debo hacer algo mejor por las noches. Creo que voy a volver a estudiar.

—¿Hablas en serio? —dije—. ¿Por qué?

—Si supieras. Tú me has hecho mucho bien. Me ayudaste a ver que debo hacer algo mejor con mi vida —sonrió.

—Eso es algo bueno, maravilloso —le dije aunque, honestamente, los cambios en ella me tenían un poco confundido—. ¿Podrías venir a verme tocar? Hazlo por mí.

—¿Por qué? —parecía intrigada.

—Quisiera tener a alguien conmigo esta noche —le expliqué—. Creo que me vuelvo loco si tengo que sentarme solo detrás del escenario.

—Está bien. Lo haré —aceptó mientras estacionaba justo delante de La Mazmorra—. Te veo después de la primera sesión.

Le di un beso pequeño y salté del carro. Mientras se alejaba, pensé que había algo en Suzanne que no había notado antes. Como era mayor, pensé que sería más inteligente que yo. Ahora me daba cuenta de que también tenía problemas y de que sufría para hacer las cosas bien, igual que yo. Me pareció una buena idea que quisiera mantenerse alejada de La Mazmorra; pero comprendí que no quería que se alejara de mi vida.

Esa noche Al y Drek estaban perfectamente conectados con la música. Estaban felices de haber dejado el trabajo y con la perspectiva de que un cazatalentos nos iba a ver. Estaban en el paraíso del *rock and roll*, pero yo todo lo que tenía eran dudas y no podía acoplarme. Me costó trabajo entrar en todas las piezas que tocamos.

La gente se podía dar cuenta de que teníamos problemas esa noche. Había algo más que no funcionaba bien: Richie y Ike estaban sentados en una esquina, deseándonos toda la mala suerte del mundo.

Traté de concentrarme en la música, pero así y todo, desafiné más de una vez.

—¡Fuera! ¡No sirven para nada! —gritó Richie.

Ike se sumó a la causa.

—¡Saquen a esos indigentes del escenario! —gritó también.

Alguien en el tumulto los mandó a callar, pero no le hicieron el menor caso. Se levantaron y siguieron insultándonos. Por último, un tipo que parecía un motociclista, agarró a Richie por detrás. Richie se volteó y le dio un puñetazo. La Mazmorra se convirtió en una casa de locos. Otros tipos se sumaron a la pelea. Las chicas gritaban.

Un imbécil comenzó a lanzar botellas de cervezas.

—¡Sigan tocando! —nos gritó Stewy—. Intentemos calmarlos.

Stewy y los guardias del club trataban de separarlos sin mucha suerte.

Vi como una chica se cortaba con una botella al derribarla. Un pedazo de cristal le pasó a Drek cerca de la cabeza y fue a dar contra la pared. Lo recogió y lo lanzó de nuevo sin pensar que podía herir a alguien.

Asqueado, paré de tocar en medio de la canción y me fui detrás del escenario.

Allí estaba Suzanne. Esperamos a que el ruido cediera. Nada. Me asomé y vi a Drek y a Al en medio de la pelea. Los Perros Mestizos no se quedaban atrás.

Suzanne pensó que era mejor salir de allí antes de que llegara la policía. Yo no tenía una sugerencia mejor. Mientras los gritos aumentaban, nos escurrimos por la puerta trasera y llegamos al carro. Suzanne me llevó hasta el apartamento de Al, el único lugar adonde podía ir. Nos sentamos en los escalones de atrás y esperamos a que Al llegara. Por fin lo vimos acercarse por la acera. Suzanne se levantó y me dio un beso en la frente.

—Se perdieron lo que le hice a Richie —se reía Al—. Ni se enteró de lo que le cayó encima.

—No me digas los detalles, Al —le dije. Tenía la camisa rota y sangre en la boca—. ¿No te importa que duerma aquí esta noche? —le pregunté.

—Sin problema, Germen.

Abrió la puerta y pasé a la sala, por la que parecía haber pasado un tornado.

—Tienes todo el suelo que quieras.

La policía cerró La Mazmorra por dos semanas. Stewy estaba que echaba chispas, pero nos prometió que tendríamos trabajo en cuanto reabriera. Cuando Drek le preguntó por el cazatalentos, se puso pálido.

Luego dijo que cuando estuviéramos tocando otra vez, tal vez volvería. Tal vez no.

Desde ese momento las cosas no funcionaron bien con la banda. Es posible que fuera yo. No podía resistir estar lejos de casa. Practicábamos dos horas al día y tocábamos alguna pieza nueva, pero mi corazón no estaba allí. No sentía la música como antes y no podía recuperar el sentimiento anterior.

Libre de padres y de sus inconvenientes, pensaba que la vida sería una maravilla; pero no era fácil vivir con el estéreo de Al a todo volumen las veinticuatro horas del día, ni dormir en un sofá. El apartamento siempre olía a taquilla de gimnasio. Al ya empezaba a molestarme, y sin ir a la escuela y sin dinero, la vida era insoportable. Para rematar, extrañaba las cosas de mi casa que nunca valoré y que di por sentado que nunca me faltarían. Por ejemplo, una buena comida. Los sándwiches de crema de cacahuetes ya me aburrían, y con La Mazmorra cerrada, no tenía ni un centavo.

Después de dos días llamé a mis padres. Les dije donde estaba y que había dejado la escuela, pero no les dije nada sobre el cierre de La Mazmorra.

—Jeremías, queremos que regreses a casa —dijo mi madre—. Quizá podamos llegar a algún arreglo.

—No sé. Denme algún tiempo para pensarlo —dije. Lo que realmente quería era correr para mi casa, pero sabía que si lo hacía, sería el fin de Los Pandemónium y tendría que admitirles a mis padres que tenían razón.

—Si te parece bien, tu padre puede conseguirte un puesto en el departamento de inventario de su trabajo —sugirió mi madre—. Puedes probar a ver si te gusta.

—Ya yo tengo trabajo —dije.

Me refería a La Mazmorra, aunque en ese momento no tenía ni eso. La idea de llegar a ser una estrella de rock se estaba desvaneciendo. Aún me interesaba la música, pero no todos los rollos que llegaron con ella.

Capítulo once

Al y Drek estaban seguros de que Los Perros habían empezado la pelea en La Mazmorra a propósito, porque una buena manera de recuperar su trabajo era hacernos lucir mal.

—¿Cómo lo saben? —pregunté.

Era viernes por la noche de nuestra primera semana sin trabajo. Tratábamos de practicar pero no lográbamos sincronizarnos.

—Lógica —contestó Drek.

—¿Qué clase de lógica? —pregunté yo—. ¿Tienes alguna prueba? Ya sé que estaban abucheándonos y que son unos cretinos.

—Con ellos, no se necesitan pruebas. Se molestaron desde que les quitamos el trabajo —contestó Drek.

Al agarró el periódico que estaba sobre algo que hacía las veces de mesa.

—¿Quieren saber quién toca esta noche en el centro comunitario? —dijo con una mirada de diablillo.

Drek le arrebató el periódico de las manos. Se le iluminaron los ojos.

—¡Ay, qué bien! Los mismísimos Perros Mestizos. Creo que deberíamos darnos un paseíto por allí.

—Creo que sí. ¿Qué dices a eso, Germen? —preguntó Al.

—No estaría mal.

Estábamos practicando sin inspiración alguna. Tenía ganas de saber qué clase de guitarrista era Richie. Sólo lo había escuchado la noche de la guerra de las bandas y creo que no fue su mejor día.

Debí haber adivinado lo que Al y Drek se traían entre manos.

El centro comunitario estaba lleno de chicos de *high school*. Me resultaba extraño encontrarme otra vez entre gente de mi edad.

Los Perros Mestizos estaban probando los instrumentos. Se les podía escuchar discutiendo y diciendo vulgaridades por los altoparlantes. Eran unos tipos groseros.

Richie levantó un brazo y se terminó la discusión. Lo bajó de un golpe rasgando las cuerdas de la guitarra y Los Perros comenzaron a tocar. Nunca había escuchado un sonido tan alto. Más alto que Los Pandemónium. Entraron como un huracán. El sonido podía lanzarte al suelo. Al principio no era más que puro ruido. Un ruido agresivo, pero la gente estaba bailando.

Observé a Richie golpeando su pobre guitarra, ya estropeada. Lentamente la música se transformó de puro ruido en buen rock. Se podían escuchar las voces, el compás de fondo y los acordes.

Mientras más escuchaba, más me gustaba. La gente cantaba y gritaba. Les gustaba lo que oían y pude darme cuenta de por qué. Los Perros habían transformado su agresividad en buena música.

No todos los integrantes de Los Pandemónium estaban de acuerdo.

—Oye esa porquería —dijo Al.

—Creo que voy a vomitar —dijo Drek agarrándose el estómago.

Al nos dijo que fuéramos al baño de los hombres. La música sonaba tan alto que teníamos que gritar.

—¿Qué tal si les hacemos pagar por el cierre de La Mazmorra?

—No sabemos si fueron ellos los que empezaron la pelea —les recordé— y aunque lo hayan hecho, esto va a empeorar las cosas. Olvídenlo.

—¿Que lo olvide? Tú estás loco —dijo Drek.

—Germen, ¿se te olvidó que trató de mandarte a la cárcel? Nos debe una.

Drek hizo crujir los nudillos.

—Escuchen —dijo, asegurándose de que no hubiera nadie a su alrededor—. Tengo un plan.

Quise quitarles la idea de la cabeza, pero no tuve suerte.

Cuando Los Perros tomaron un descanso, esperamos a que salieran a fumar. Entonces, nos subimos al escenario en un santiamén.

Qué sensación tan rara sentí al tocar la guitarra de Richie y ajustar el amplificador. Me preguntaba a mí mismo, *¿Qué rayos estoy haciendo aquí?*

Al se sentó en la batería y encendió el micrófono. Drek agarró el bajo y lo probó con algunas notas.

—Se nos ocurrió que querrían escuchar buena música —le dijo Al a la audiencia.

Al comenzó los primeros acordes de *Estoy vivo* y Drek lo siguió con el bajo. Yo tenía los dedos paralizados. La gente nos miró confundida. Dos o tres personas empezaron a aplaudir, pero no pasó mucho tiempo para que Los Perros entraran por la puerta de atrás. Deseé no haber ido.

Los Perros se pusieron furiosos. Los observé caminar en nuestra dirección entre la gente que bailaba. Estaban a punto de explotar. Detrás de mí, Al se reía como un loco. Drek seguía tocando como si nada. Traté de encontrar una forma fácil de salirnos de semejante lío. Todas las formas que se me ocurrían no eran buenas.

Entonces, paré de tocar en medio de la canción.

—Jeremías, eres un gallina —protestó Al con los dientes apretados y sin parar de tocar.

Luego, Drek también paró.

Le di a Richie su guitarra. A lo mejor yo era un cobarde o había llegado a la conclusión de que estábamos actuando como unos imbéciles.

Richie agarró la guitarra por el mástil y trató de darme en la cabeza como el que levanta un hacha. Yo pude esquivarla a tiempo y la estrelló contra el amplificador. Sonó como una explosión cuando se partió en dos.

Louie agarró a Drek por el cuello tratando de estrangularlo. Al tenía a Ike inmovilizado en el suelo con una llave de lucha. La cosa se estaba poniendo fea.

Varios hombres del centro comunitario se nos acercaron gritando. Nos echaron a todos a la calle.

—Si a alguno de ustedes se les ocurre aparecerse por aquí los vamos a mandar a arrestar —dijo uno de ellos.

Habíamos arruinado el baile y le habíamos arruinado la presentación a Los Perros Mestizos.

La guerra no había terminado. Richie estaba listo para acabar conmigo. Tenía los dedos engarrotados y en su cara sólo se podía ver odio.

Al y Drek y los otros dos Perros Mestizos estaban peleando. Algunos chicos habían salido a ver qué pasaba y los instigaban a pelear.

Yo estaba furioso, pero estaba más furioso conmigo mismo que con nadie más. ¿Cómo me había dejado meter en ese problema?

—Hagamos una tregua —le dije a Richie.

—Sí, pero después de que te reviente la cara.

Traté de razonar con él.

—Mira, esto no tiene sentido.

—¿Y qué me importa eso a mí? —dijo, tratando de darme un puñetazo mortal en plena garganta.

—Escucha, creo que no debimos ponernos a tocar tus instrumentos —admití.

—Exactamente, y ahora tienen que pagar por eso —dijo, y se lanzó de cabeza contra mi estómago. Quería derribarme para hacerme el mayor daño posible.

Me eché a un lado, pero él iba a tal velocidad que perdió el equilibrio y cayó de cabeza en la calle.

El chofer del carro que se acercaba tuvo que pisar el freno de golpe. Las gomas chillaron y las ruedas se trabaron. Richie cayó justo delante de ellas.

Salté para agarrarlo, pero choqué con el lado del carro que me lanzó de espaldas al contén. El carro se detuvo. Me levanté y miré a Richie que rodaba con la cabeza debajo de la placa delantera. Las ruedas estuvieron muy cerca de pasarle por encima.

Lentamente, Richie se puso de pie y pude ver el terror en sus ojos.

El chofer, un hombre robusto de cerca de cincuenta años salió del carro dando gritos.

—¡Ay, Dios mío! ¿Estás bien, muchacho?

Richie se quedó sin habla. Se arrastró hasta el contén y se sentó con la cabeza entre las rodillas.

Al y Drek corrieron hasta donde yo estaba. Tenían la ropa rota y los lentes de Drek estaban desbaratados.

—No cuenten conmigo para nada más —dije—. Renuncio. No aguanto esta situación. Tendré que aprender a vivir sin la música.

Richie hacía arcadas. Louie y Ike trataban de calmarlo. El chofer del carro tenía un ataque.

—Él se tiró delante de las ruedas. ¡No me dio tiempo a nada!

—Germen, no nos puedes hacer eso por culpa de ellos —dijo Al señalando a Los Perros Mestizos.

—No, Al, no es por ellos. Es por mí —le dije.

Capítulo doce

Esa noche regresé a casa y le conté a mis padres todo lo que había sucedido. No me dieron un sermón.

—¿Qué piensas hacer ahora? —me preguntó mi padre.

—Tengo que pensarlo.

—¿Te podemos ayudar? —preguntó esta vez mi madre.

—No lo creo. Gracias.

Me sentí bien de estar de nuevo en casa.

Por la mañana llamé a Stewy y le dije que
Los Pandemónium tenían que reunirse con
él. Le dije que era de carácter urgente. Stewy
parecía enojado, pero eso no era nada nuevo.
Después llamé a Al y le dije que recogiera
a Drek. Quería que nos reuniéramos en La
Mazmorra en una hora.

Entonces llegó la parte difícil. Tenía que
convencer a Richie de que él y Los Perros
Mestizos se aparecieran en La Mazmorra.

—¿Estás loco? —me dijo por teléfono—.
Casi me mato por tu culpa anoche.

—No puedes dejar de ir —dije y colgué.

Estaba sentado en los escalones de atrás de
La Mazmorra cuando llegaron Al y Drek.
El camión de Richie llegó unos segundos
detrás de ellos. Podía sentir que se elevaba
la tensión mientras todos saltaban a la acera.

No le di oportunidad a nadie de hablar.

—Quiero hacer un pacto —le dije
directamente a Richie. Tenía un cigarrillo
colgándole a un lado de la boca. Noté que
llevaba una cadena en lugar del cinto.

—Nosotros no pactamos con nadie —Louie contestó en su lugar.

—¿Qué tipo de pacto? —preguntó Richie.

—Cuando La Mazmorra vuelva a abrir, Los Perros Mestizos compartirán el trabajo con Los Pandemónium. Dos noches para ustedes, dos noches para nosotros.

Al me torció un brazo.

—¿Qué es lo que te pasa, perdiste un tornillo, Germen? Nosotros no hacemos pactos con ellos.

—Entonces, yo no toco más la guitarra, socio. Esa es la única forma en que lo hago —dije lo suficientemente alto para que Los Perros me escucharan.

Al y Drek no lo podían creer. Esperaron a que yo dijera algo más, pero me mantuve callado para darles tiempo a considerarlo.

—Tenemos que hablar —dijo Drek agarrándome por el otro brazo y empujándome hasta la camioneta.

—No —repetí—. No hay nada de qué hablar.

Me zafé y caminé hasta donde estaba Richie.

—¿Y tú que dices?

—¿Qué es lo que tenemos que darles a cambio? —preguntó, aplastando el cigarrillo en la calle con la bota.

—Nada. Sólo tienen que tocar.

En ese momento llegó Stewy. Puso cara de que se había metido en un nido de caimanes. No caía en cuenta por qué los caimanes no estaban peleando. Miró para todos lados por precaución.

—¿Qué está pasando aquí? —preguntó.

Le expliqué lo que habíamos hablado. Le dije que todos estábamos de acuerdo. Nadie me llevó la contraria.

Stewy se quedó mirando unos latones de basura al final de la calle, como analizándolos y luego se volteó hacia mí.

—Me gusta la idea —dijo—. Los Pandemónium y Los Perros Mestizos bajo un mismo techo. Si pueden hacerlo sin arrancarse las cabezas, creo que podremos atraer más gente. Trato hecho.

Capítulo trece

Es viernes por la noche y Los Pandemónium
están acoplados y listos para tocar. Pero esta
noche no estamos tocando en La Mazmorra.
Estamos (¿pueden creerlo?) en mi *high
school*. Y estoy disfrutando a más no poder.

Durante el día, la escuela es el mismo
problema de siempre, pero ¿desde cuándo ha
dejado de serlo? Llamé al señor Langford y
le pregunté qué tenía que hacer para regresar
a clases.

—Sólo tienes que asistir —dijo—, pero recuerda que tienes mucho trabajo por delante.

No pareció sorprenderse con mi llamada.

Estoy otra vez en la escuela y tocamos solamente dos noches a la semana. Sigue siendo difícil combinarlo con las clases, pero voy haciendo el esfuerzo y por lo pronto no tengo suspendidas las asignaturas.

Hoy voy a tocar frente a toda la gente que conozco: Krista, la preciosa que se sienta detrás de mí en la clase de matemáticas; Alex, que pensaba que yo no servía para nada; Carly, junto a la que crecí y de la que he estado enamorado toda mi vida; y hasta Gregory Aylesford, que cree que en los bailes deben poner videos y no deben tocar bandas. Todos están aquí.

El señor Langford es el profesor encargado del orden. Le prometí tocar algunas canciones viejas de *The Doors* y algunas de *Grateful Dead*. Por fin, la gente de mi escuela va a saber qué me hace feliz.

Creo que lo mejor de todo es que Suzanne también está. Es un sentimiento un poco raro saber que está conmigo aquí esta noche. Este es un mundo muy diferente al del bar. Pero sólo verla entre la gente, a lo lejos, me hace sentir que somos el uno para el otro. Sé que hablo como si me hubieran inflado la cabeza con gas helio, pero así lo siento.

Drek y Al todavía están algo disgustados conmigo. No estamos ganando dinero como en los buenos tiempos y los dos tuvieron que regresar al trabajo.

¿Recuerdan el cazatalentos que Drek dijo que estaba interesado en nosotros? Pues un día se apareció en La Mazmorra mientras tocábamos y le gustó la banda. La semana que viene vamos a grabar un disco de muestra.

Las cosas van bien. Duermo más horas y mi guitarra descansa dos veces a la semana. No fue una buena idea querer alcanzar demasiado en un tiempo tan corto, y quiero poder disfrutar de la música por largo tiempo.

¿Cómo es la letra de esa canción? "Mejor quemarse que ir apagándose lentamente".

Nada de eso. Yo no estoy listo para tocar rock en el cielo, pero esta noche estamos más cerca que nunca.

¿Listos? Voy a subir mi amplificador. Voy a darle a Al la señal de empezar. Ahora Drek comienza con el sintetizador y los sonidos asemejan un cohete que despega.

Al acciona el pedal del bombo y comienza a tocar la batería como si en eso le fuera la vida. En la cafetería, Langford apaga las luces y apunta un reflector directamente a nosotros. Me ilumina cuando entro con la guitarra. La música inunda el lugar.

La mayoría está bailando; algunos nos miran asombrados. Nunca habían escuchado nada igual y mucho menos en vivo.

El sonido sube y parece levantar el edificio. Yo tengo la corazonada de que desde hoy esta vieja escuela no va a ser la misma.